I0548629

TOUTE LA GRÈCE,

OU

CE QUE PEUT LA LIBERTÉ,

TABLEAU PATRIOTIQUE,

EN UN ACTE.

REPRÉSENTÉ, *pour la première fois,
à Paris, sur le Théâtre de l'Opéra National,
le 16 Nivôse.*

DEDIÉ A LA NATION ET AUX ARMÉES
FRANÇAISES.

PAROLES DU C. J.
MUSIQUE DU C. LE MOYNE.

Prix, 15 sols.

A PARIS,

Chez HUET, Libraire, Marchand de Musique &
d'Estampes, rue Saint-Honoré, vis-à-vis les
Jacobins, N.° 70, & au Théâtre de la rue Feydeau;

Et chez les Citoyens DENUÉ & CHARON,
Passage de la rue Feydeau.

L'AN II.

PERSONNAGES.	ACTEURS.
DÉMOSTHÈNES, Orateur d'Athènes.	*Le C. Lays.*
NICIAS, Généralissime des Troupes de la Grèce.	*Le C. Chéron.*
PÉRIANDRE, Magistrat d'Athènes, ami de Démos-thènes.	*Le C. Rousseau.*
EUCHARIS, Patriote Athé-nienne.	*La Cne. Maillard.*
Le Chef des travaux de la re-quisition.	*Le C. Le Febvre.*
Un autre Athénien.	*Le C. Le Roux, cadet.*

Douze Phalanges grecques de toutes les Provinces réunies pour combattre l'ennemi commun.

Une Phalange de jeunes Enfants, volant en armes au secours de la Patrie.

Tous les Ouvriers d'Athènes, comme Matelots, Charpentiers, Forgerons, etc., en requisition sur le port.

Toutes les Femmes et Filles d'Athènes, portant des étoffes sous les bras ; et se défaisant, sur la scène, de leurs boucles d'oreilles, colliers, bracelets, etc.

TOUTE LA GRECE,

OU

CE QUE PEUT LA LIBERTÉ,

TABLEAU PATRIOTIQUE.

———————

SCENE PREMIERE.

*Le Théâtre représente le Pyrée, port d'Athènes ;
des vaisseaux que l'on équippe, d'autres que l'on fa-
brique ; plusieurs forges placées en perspective sous
un long portique, où l'on fait des damas, des jave-
lots et des lances ; d'un coté, les rues d'Athènes, dont
on voit l'entrée ; de l'autre, les remparts plantés d'arbres,
et coupés par une porte en forme d'arc-de-triomphe ;
dans le fond, la mer et les vaisseaux ; par-tout des
Ouvriers en activité, etc. Tel est le tableau qu'offre la
scène quand on lève la toile.*

CHŒURS D'OUVRIERS.

P RÉPARONS, préparons gaiment
Ces armes qui doivent confondre
L'ennemi que la Grèce épargna trop souvent ;
Vils soldats, qui sur nous ensemble venez fondre !
Esclaves égarés, qui vendez aux tyrans
    Vos cœurs, vos bras & vos serments !....
    Nous avons de quoi vous répondre,..
Voilà, voilà, voilà, voilà pour vous répondre !

A 2

LE CHEF DES TRAVAUX, *aux Ouvriers.*

La Liberté, mes bons amis,
Eſt un bien que notre pays
Conſervera malgré la rage
Des partiſans de l'eſclavage.

UN AUTRE ATHÉNIEN.

O bien chéri ! malheur à qui regrette
L'or ou le ſang qui t'a conquis !
Soyons libres, mes bons amis ;
Ce tréſor, quel qu'en ſoit le prix,
Vaut toujours bien ce qu'on l'achette.

LE CHŒUR *reprend.*

Préparons, &c.

SCENE II.

LES ACTEURS PRÉCÉDENS ; DÉMOSTHENES s'avançant le long des forges, et encourageant les Ouvriers par ses gestes.

LE CHEF DES TRAVAUX.

JE vois vers nos travaux s'avancer Démoſthènes.

L'AUTRE ATHÉNIEN, *à Démoſthènes.*

Venez, ſublime appui du civiſme d'Athènes !...

DÉMOSTHÈNES.

Généreux compagnons, courage !... dès ce ſoir,
Sous nos remparts nous allons voir

Tous les bataillons de la Grèce
A nous fe réunir dans une fainte ivreffe.
D'un pas précipité fur l'ennemi commun ,
Tous les Grecs , animés d'une jufte furie ,
Vont fe porter enfemble . . . . & fauver la Patrie ! . . . .
Pour frapper un grand coup, leurs bras n'en feront qu'un.

A I R.

QUAND la Patrie appelle ,
On voit tous fes enfants
Frappés de fes accents
Se ranger autour d'elle.
Volant de toute part ,
Auprès d'elle ils s'empreffent ;
Vivement ils la preffent
Et lui font un rempart.
Dans leur courfe rapide
Rien ne les rallentit ;
C'eft l'honneur qui les guide ,
Le fuccès qui les fuit. . . .
A leur air intrépide ,
L'efclave intimidé ,
S'intimide & s'enfuit. . . .
De conquête en conquête
L'homme libre eft porté ;
Par fon zèle excité ,
Rien , rien ; non , rien , rien ne l'arrête.

A 3

SCENE III.

LES ACTEURS PRECEDENS, les Femmes & les Filles d'Athènes, & EUCHARIS à *leur tête.*

On les voit arriver avec des étoffes sous le bras, et des vêtemens à la grecque, tout faits.

EUCHARIS, *à Démosthènes.*

ORACLE du Sénat, dont la mâle éloquence,
Comparable à la foudre, entretient parmi nous
　　　Le feu facré qui nous embrâfe tous ;
Vois un fexe timide & faible en apparence
Partager les tranfports, feconder les travaux
　　　De tout un peuple de héros !

Avec une expression plus vive et d'une voix que l'empreffement étouffe.

Philippe contre nous s'avance avec audace ;
Pour affervir la Grèce il s'agite, il menace ;
Il veut qu'un peuple libre & protégé des Dieux
Courbe un front dégradé fous fon joug odieux . . . .
Eh-bien ! que fes foldats nous connaiffent ; qu'ils tremblent !
Quand pour les repouffer tous les Grecs fe raffemblent,
Nous, de ce prompt départ loin de nous affliger,
Nous les exciterons à voler au danger ;
Et même, en attendant, loin de refter oifives,
Nous leur vouons nos foins ; . . . déjà nos mains actives

Ont préparé ces dons!.... qu'ils partent, nos guerriers!
Qu'au prix de ces bijoux leur conquète s'affure ;...

Ici Eucharis et toutes les Femmes, à son exemple,
se défont précipitamment, sur la scène, de leurs colliers,
boucles d'oreilles, etc.

Leur main victorieufe, au lieu d'autre parure,
  Ceindra nos fronts de leurs lauriers!

CHŒUR DES FEMMES.

  Qu'ils partent, nos fils, nos époux!
Déjà de leurs exploits notre ame eft attendrie ;
  Tout nous dit que, s'ils font à nous,
  Ils font bien plus à la Patrie.

DÉMOSTHÈNES, *d'un ton pénétré.*

De notre République, ô vous, digne ornement!
Je ne vous parle point de fa reconnaiffance....
  L'héroïfme du fentiment
  Porte avec lui fa récompenfe.

Au Public, en les montrant avec enthousiasme.

Quel eft donc ton empire, ô fainte Liberté!..
Et combien ton génie ajoute à la beauté!

On entend plusieurs marches des Phalanges qui s'avan-
cent de différents côtés, pour se réunir sur le port.

DÉMOSTHÈNES, *avec ivreffe.*

Mais j'entends de la Grèce approcher les Phalanges,...
  Dieu! protecteur de mon païs!....

       A 4

Il me femble que tu nous venges !...
Déjà dans mon tranfport, je vois nos ennemi
Sous le fer de ces Grecs tomber anéantis.

SCÈNE IV.

LES ACTEURS PRÉCEDENS, NICIAS, LES
DOUZE PHALANGES, *a,ant chacune leur Chef.*

*Elles entrent sur la scène de tous les côtés, mais avec
ordre et lentement, de sorte qu'il n'en arrive que
deux à-la-fois. On lit sur l'enseigne de la première
Phalange :* Athènes, vive la République ! *sur la
deuxième,* Lacédémone, la Liberté ou la mort; *sur
la troisième,* Corinthe, ordre et discipline; *sur la
quatrième,* Thèbes, obéissance aux loix; *sur la
cinquième,* Argos, respect à l'Éternel; *sur la sixième,*
Dodone, sûreté, propriété; *sur la septième,* Lem-
nos, honneur aux beaux arts; *sur la huitième,*
Delphes, haine aux tyrans; *sur la neuvième,* Mé-
gare, mœurs et fraternité; *sur la dixième,* Mara-
thon, bon exemple à nos enfants; *sur la onzième,*
Délos, l'union fait la force; et enfin, *sur la dou-
zième,* Étolie, courage, Républicains !*

NICIAS, *aux douze Phalanges.*

GÉNÉREUX compagnons, qui, par un libre choix,
M'avez nommé le chef de votre ligue fainte !
La Patrie en danger vous preffe par ma voix
Sur le fort du combat de bannir toute crainte.

CHŒUR DES PHALANGES.

Loin de connaître la terreur,
Nous faurons l'infpirer aux autres ;
L'efclave a l'effroi dans fon cœur,
Mais l'affurance eft dans les nôtres.

NICIAS.

Philippe enchaînât-il fous la loi tyrannique
　　Tous les pleuples de l'Univers ;
Que peut contre l'e'an de notre Républ'que,
Le mercenaire effort de cent peuples divers,
Marchant péniblement fous le poids de leurs fers ?

CHŒUR DES PHALANGES, *très-animé.*

　　Plus tard ils connaîtront les charmes
De cette Liberté que pourfuivent leurs armes ;
　　Et l'on verra fur leurs remparts,
Arborés de leurs ma'ns , flotter nos étendards.

Elles agitent très-haut leurs Enseignes.

EUCHARIS.

Époufes , Meres , Citoyennes ,
　　Nous venons dépofer pour vous
　　Entre les mains de Démofthènes,
Le fruit de nos travaux & l'or de nos bijoux.

DÉMOSTHÈNES, *aux Femmes.*

Chargez de tous vos dons ces vaiffeaux qu'on apprête,
Qui vont au Champ-de-Mars tranfporter nos Soldats,

A 5

Aux Phalanges.

Guerriers ! tout vous fourit en cet inftant de fête,
La Liberté, l'Amour, & le Dieu des combats.

Les Femmes descendent sur les vaisseaux, et les char-
gent des dons qu'elles ont apportés, et de ceux d'Eu-
charis, pendant que celle-ci chante ce qui suit.

EUCHARIS, *aux Phalanges.*

A I R.

PARTEZ, partez ! fauveurs de la Patrie !
Partez, & que l'honneur précipite vos pas !
Que l'hydre de la Tyrannie,
Succombant fous vos coups, ne fe relève pas.
Ceux d'entre vous qui, pour venger la Grèce,
Iront au fein des immortels,
Au lieu de pleurs, vous verrez l'allégreffe
A leur mémoire ériger des autels !
Nous préférons l'honorable veuvage
Qui fuit le trépas du vainqueur,
A la ftérile & trompeufe douceur
D'un trifte hymen flétri par l'efclavage.

CHŒUR.

EUCHARIS, *avec la plus vive expreffion.*

Entre vos mains eft notre deftinée....

NICIAS & TOUTES LES PHALANGES, *d'un ton*
ferme & fec.

Dites plutôt votre fuccès....

EUCHARIS.

Souffrirez-vous que la Grèce enchaînée.....

NICIAS & TOUTES LES PHALANGES.

Jamais, jamais !

EUCHARIS.

C'eft de vous feuls qu'elle attend la victoire...

NICIAS & TOUTES LES PHALANGES.

Elle l'aura.

EUCHARIS.

Ce beau triomphe, annoncé dans l'hiftoire...
Il le fera.

EUCHARIS.

A nos neveux fervira de modèle....

NICIAS & TOUTES LES PHALANGES.

Ils le fuivront.

EUCHARIS.

Et tous les peuples qui naîtr ont....
Frappés d'un fi beau zèle. ...

NICIAS & TOUTES LES PHALANGES.

L'admireront,
L'imiteront !

CHŒUR GÉNÉRAL, *avec une forte de rage.*

LES PHALANGES.

Oui, oui, oui, nous vaincrons ;
Nous le jurons
Sur notre vie :
Nous défendrons
Notre Patrie ;
Oui, oui, nous rejettons
Toute offre defpotique ;
Oui ; nous voulons
La République ;
Et nous l'aurons !...
Oui, oui, oui ; nous l'aurons, nous l'aurons, nous l'aurons !

SCÈNE V.

LES ACTEURS PRÉCÉDENS, *une phalange de jeunes Enfans, toute armée, venant fe joindre aux autres Troupes, & portant une petite Enfeigne, avec cette devife :* L'ESPOIR NAISSANT DE LA PATRIE.

LES ENFANS.

CHŒUR.

Grece ! nos faibles bras auront de la vigueur,
Pour concourir à ta jufte défenfe !
D'un feu prématuré nous fentons la chaleur,

Nous élever au-deſſus de l'enfance....
Nous prouverons aux tyrans inhumains
Que le courage
N'attend pas l'âge
Chez les Républicains.

EUCHARIS , *embraſſant* LEUR CHEF ,
tandis que d'autres Femmes embraſſent d'autres En-
fants.

Allez , allez , heureux enfants ,
Qui conſacrez vos jeunes ans
A la plus noble des carrières !
Notre ſexe eſt jaloux d'un deſtin ſi flatteur...

D'un ton plus énergique.

Si vous mourez au champ d'honneur ,
Vous ſerez remplacés par vos ſœurs & vos meres !

TOUTES LES FEMMES *répètent du ton le plus expreſſif.*	DÉMOSTHÈNES & NICIAS , *à part.*
Si vous mourez , &c.	Peut-on tenir à ce tableau touchant? Peut-on lui refuſer des larmes ? Spectacle augufte , intéreſſant ! Pour qui n'aurais-tu point de charmes

SCENE VI.

LES ACTEURS PRÉCÉDENS ; PÉRIANDRE,
en habits de magiſtrat, perçant la foule avec empreſ-
ſement & s'adreſſant à Démoſthènes.

PÉRIANDRE.

RÉCITATIF.

Au nom des Magiſtrats, & de la Grèce entière,
Député près de toi, j'apporte la prière
Que nous fait un Ambaſſadeur.....

DÉMOSTHENES, NICIAS *& tous les Grecs, avec feu.*

Non, non, non ; point d'Ambaſſadeur ;
Qu'on le renvoie à ſon Seigneur.

PÉRIANDRE.

Il attend au Sénat le moment de paraître
Pour porter la réponſe à Philippe ſon maître....

NICIAS.

Quoi ! ce Philippe audacieux,
Ce mortel, dont le cœur féroce, ambitieux,
De notre Liberté veut ſaper l'édifice ,....
Oſe encore député vers nous !

Non, non, non, non ; nous voulons tous
Ou qu'il l'emporte, ou qu'il périsse !....
  TOUS LES GRECS, *avec fureur.*
Non, non, non, non ; nous, &c....

DÉMOSTHENES.

Il voit avec dépit, ce tyran détesté,
L'encens pur que la Grèce offre à la Liberté !...
Il craint que, sa vapeur fumant sur son Empire,
Le Peuple avec plaisir enfin ne la respire....
Il verra ce que peut un grand Peuple irrité,
Orgueilleux d'être libre, & qui veut toujours l'être....
Avec dédain.
C'est ce que l'Envoyé peut redire à son maître.

PÉRIANDRE.

Ce valet-courtisan nous a juré sa foi
Qu'un Roi désabusé cherchait notre alliance.....

NICIAS.

Non, non, non, non ; point d'alliance !
On n'en fait pas avec un Roi !

PÉRIANDRE & TOUS LES GRECS, *avec fureur.*

Non, non, non, non ; point, &c....

PÉRIANDRE, *avec l'excès de l'indignation*

Il nous parle de paix, ce brigand détestable
 Dont le cœur affreux & pervers
 Voudrait fous fon joug exécrable
 Courber, écrafer l'Univers.
En se tournant avec rage du côté d'où il vient.
Non, non; vil fcélérat !... l'horreur du diadème
 Ajoute encore à tes forfaits !...
 Pour prouver combien je te hais,
 Ma rage eft faible, quoiqu'extrême....
Aux Grecs.
 Aux traîtres accorder la paix,
 N'eft-ce pas fe trahir foi-même ?

TOUS LES GRECS, *avec fureur.*

 Non, point de paix !
 La guerre ! la guerre !

NICIAS.

Notre rage eft trop jufte ; il la faut fatisfaire !

PÉRIANDRE, *ironiquement.*

Au refte, il a, dit-il, des milliers de foldats.

DÉMOSTHENES.

La Grèce a des milliers & de cœurs & de bras !...

PÉRIANDRE.

Il faura bien payer leur courage & leur vie...

NICIAS.

Les Grecs fans intérêt mourront pour leur Patrie !

PÉRIANDRE, *en riant.*

De fe battre pour lui tout leur fait une loi !...

DÉMOSTHÈNES, *en riant auſſi.*

On fe bat mieux encor , quand on fe bat pour foi !...

PÉRIANDRE, *à Démoſthènes.*

Cependant il t'eſtime..... & s'en rapporte à toi....

DÉMOSTHÈNES, *encore plus indigné.*

Qu'il garde pour lui feul fon arrogante eſtime....
Il m'eſtime ! un Defpote ! un Roi !.. déshonoré !...
Croit-il intéreſſer à la caufe du crime
Ce peuple fier , par qui le trône eſt abhorré ?...

PÉRIANDRE, NICIAS & tous les Grecs fe remettant en marche.

CHŒUR.

Allons , allons ; plus de retard ;
Précipitons notre départ !
rans ! Tyrans ! tremblez !

Bientôt, bientôt vous allez
Sous nos efforts être accablés !....

LES OUVRIERS ET LES FEMMES, *à grands cris.*

Marchez.....

LES PHALANGES, *à grands cris.*

Marchons !

LES OUVRIERS ET LES FEMMES, *à grands cris.*

Combattez !

LES PHALANGES.

Combattons....

Les Soldats descendent en partie sur les vaisseaux, d'autres sont préts à y descendre ; les Femmes et les Ouvriers grouppés à l'entrée des rues d'Athènes, les excitent par leurs gestes.

TOUS LES GRECS, *avec le dernier degré de l'enthousiasme, agitant leurs armes, & levant leurs mains au ciel.*

La guerre ! la guerre !

DÉMOSTHÈNES, NICIAS ET PÉRIANDRE, *se tenant étroitement serré sur l'avant-scène, d'une voix sourde & pleine de fureur.*

Combattons , combattons ; qu'ils mordent la poussière :
Qu'ils finissent, tous les brigands !

Des deſpotes purgeons la terre.....
Exterminons tous les tyrans ;
Qu'il n'en reſte plus ſur la terre.....

TOUS LES GRECS *diſparaiſſent.*

A grands cris.

La guerre ! la guerre

La tolle tombe.

FIN.

DE L'IMPRIMERIE DES SOURDS-MUETS,
rue du Petit-Muſc, près l'Arſenal.

www.ingramcontent.com/pod-product-compliance
Lightning Source LLC
Chambersburg PA
CBHW072359190626
46811CB00020B/2304